El país de los árboles Locos

El país de los árboles Locos

Gustavo Arango

Ediciones *El pozo*
Oneonta-New York

3ª edición. Oneonta (New York), Noviembre de 2012.

Imagen de la portada: El infierno, del Tríptico, *El jardín de las delicias*, Hieronimus Bosch (siglo XV)

© 2012 Gustavo Arango
Ediciones *El Pozo*
37 Fairview street, apt 4
Oneonta, NY
13820

ISBN: 978-0-9821364-5-4

Printed in U.S.A

Para Aura

1

EL MUNDO ES un lugar bastante extraño. Ocurren cosas raras en todos sus rincones.

Aquí mismo, mi niña, en este cuarto tibio donde transcurren todos nuestros días hay cosas asombrosas que ni el más inventivo se habría imaginado.

Pero no es de este cuarto de lo que quiero hablarte, de este momento inmenso que vivimos, de la felicidad inabarcable de sentirte en mis brazos, recostada en mi pecho, confiada y convencida de que puedes dormirte porque estaré velando. Quiero hablar de otros tiempos, de las vueltas que he dado, de las cosas que he visto, de aquello que he escuchado mientras estaba afuera, sin rumbo y sin destino, sin saber ni siquiera que te estaba buscando.

Ahora que lo pienso, ahora que recuerdo las líneas de mi viaje, puedo verle un sentido a todo lo que hacía.

Pero entonces, mi vida, cuando iba por el mundo como un moscardón ciego, no podía saber adónde iba, era imposible imaginar que acabaría por llegar a alguna parte.

Cuando estuve en Alaska, por ejemplo, nunca se me ocurrió que ya estaba en camino, que seguía un derrotero bien marcado hacia el lugar donde por fin vería claro.

Ni siquiera al partir, cuando lo dejé todo, cuando te abandoné junto con todo, podía entender que emprendía el único camino capaz de conducirme hasta este abrazo, a este arrullo tranquilo en que podemos finalmente reponernos del viaje y la espera; porque ambos, mi cielo, han sido pesados.

Cuando estuve en la India y el Japón, cuando conduje el peso de mí mismo a Brasil y Escandinavia, no podía entender que cada sitio era parte de un tejido, que había un hilo sigiloso empeñado en arrastrarme hasta el país de los árboles locos. Porque nada sería lo que finalmente ha sido, si no hubiera llegado a ese sitio abominable. Nunca hubiera entendido, por ejemplo, que te he adorado tanto.

Ahora lo veo. Ahora sé que era absolutamente necesario conocer a Mia Swenson, recibir las atenciones de Shel Silverstain, sufrir la crueldad del marinero desdentado, alucinar sin descanso en el desierto de Gobi, vivir tantas y tantas peripecias.

Cada sitio, cada hecho, cada ser y cada cosa, tienen un propósito en la historia. Puedo contártela sin muchos sobresaltos. El miedo no es tan miedo. El peligro, por grave que parezca, ya no es tanto. Puedes dormirte incluso mientras te la estoy contando. De hecho te la cuento, vida mía, para conducirte al sueño. Porque es una historia hermosa, al fin de cuentas, y el final es esta dicha abrumadora. Pero antes, niña mía, el miedo y el dolor eran tan ciertos como ahora son tus besos.

2

HACE FRÍO en Alaska, mi aurora boreal. Todo allí se congela, incluso las palabras. Uno puede encontrarlas en el suelo, recogerlas, llevarlas al oído y escucharlas. Otras, las que no caen, se quedan enredadas en las ramas.

Uno va caminando por parajes de hielo, diciéndole a los músculos que insistan, pidiéndole a los huesos que no cedan, que el frío no paralice todas las coyunturas. Uno siente la piel hecha cristal adolorido. Uno mira el aliento hecho nube y se pregunta dónde está la tibieza, dónde es posible un fuego que mantenga calientes la piel y el corazón. Entonces ve los árboles, mi niña, ve la luz fragmentada en colores a través de los cristales, ve palabras colgadas en las ramas y piensa que tal vez es Navidad.

Entonces camina, con gran dificultad. Uno llama en su ayuda a todo lo que es, será y ha sido. Uno insiste y persiste en caminar. Uno no se pregunta por qué. Uno sólo camina. Tal vez por la costumbre. Tal vez porque avergüenza que el frío nos derrote. Tal vez porque otras voces que uno lleva consigo le ordenan caminar.

Uno le pide a un pie que se desplace, recordándole al otro que muy pronto tendrá que trabajar. Uno se apoya en bastones. Uno deja tiradas bolsas y cantimploras, para estar más ligero. Algo en uno recuerda que el hombre que camina aún tiene esperanza.

Y así, tesoro mío, horas o días más tarde, uno llega hasta el tronco del árbol elegido. Se mueve entre las ramas, escucha el tintinear de las palabras: los lamentos de los que no pudieron, los gritos de los que no se resignaban, el fragor de remotísimas batallas.

Y al final uno alcanza ese tronco arrugado y lo abraza y pega su rostro y se alegra al sentir la tibieza fugaz de una lágrima.

3

CUANDO ME FUE POSIBLE llegar a una cabaña (de troncos, por supuesto, vida mía), me abrió la puerta un hombre completamente calvo y de barbas muy largas.

No recuerdo muy bien lo que pasó al principio, creo que me desplomé sobre sus brazos. Al recuerdo siguiente, yo estaba recostado en un sofá, cubierto de pieles, al lado de una inmensa chimenea que ardía generosa.

"Shel", dijo el hombre cuando me alargó una taza de chocolate. "Me llamo Shel Silverstain"

Yo traté de recordar, pero al principio no se me ocurría nada y después llegaron tantos nombres que no sabía cuál era el mío.

"¿Al menos recuerdas de dónde vienes?", si su piel y su barba hubieran sido blancas, si hubiera tenido un traje y un gorro rojos, yo habría alentado la idea de que era San Nicolás. Por un momento quise pensar que así era su apariencia fuera de temporada, cuando se quedaba en casa.

"Vengo de un lugar donde la tristeza resultaba insoportable", mi propia voz me produjo un sobresalto. Llevaba años sin escucharla. Era un sonido aherrumbrado, como cubierto de polvo y telarañas, un quejido largo tiempo represado que empezó a derramarse de manera atropellada.

"En la isla de corcho conocí al holandés volador. Lo vi llorar contándome la historia de su maldición. Había jurado que nunca, ni muerto, se detendría hasta doblar el cabo de Hornos. Ahora está condenado a navegar sin sosiego. Sólo cada siete años se le permite pisar tierra en un puerto Noruego, para buscar el amor que pueda redimirlo de su condena".

Me detuve un momento a tomar aire y a sonreírle al fugaz bisbiseo de los ecos.

"He conocido a la mujer con la piel transparente y vi morir al hombre más hermoso de la tierra, doblegado por la fuerza con que las multitudes lo miraban".

Era mi voz, libre por fin, brotando con creciente fluidez.

"Nunca podré olvidar el año en que conocí las estaciones, el otoño me tenía fascinado".

Volví a sentir el cabalgar de los sonidos. Vi una floresta inmensa. Vi un árbol amarillo.

"En Argentina conocí a un hombre de apellido extraño, se llamaba don Juan Iturriberrigorrigoicoerotaberricoechea. Por fortuna don Juan no tenía un título de nobleza, porque en Burma conocí a un rey llamado Siritaribhavanadityapauaraanditasudhammarajamahadhipatinarapatisithu, y todo el que recibía permiso para dirigirle la palabra debía pronunciar su nombre al comienzo de cada frase. Su reinado fue corto y creo que hasta yo participé en el complot que terminó en su asesinato. Otro día pasé cerca de la isla del día antes. Se llama así porque sus visitantes son incapaces de encontrar un lugar donde el tiempo pueda ser medido, lo que hace imposible situar la isla en el presente. También estuve en el país de los letárgicos, donde nada ocurre y nada cambia. Allí la gente es invisible porque toma la forma de los objetos que tiene cerca. Las leyes prohíben tener pensamientos, suponer, conjeturar, razonar o especular. También está prohibido pensar sobre el pensar. Reírse es un delito y sólo se permite sonreír los jueves por la mañana. Como no hacer nada cansa, cada semana los letárgicos se toman un descanso y no van a ningún lado. Los vigilan dos perros llamados Tic y Tac. Un día crucé un río de esencia de rosas y otro día estuve a punto de morir ahogado en un río de vinagre. He visto llover sangre. He comido, casi hasta reventarme, manzanas de Debreczen. Vi pájaros sin alas y peces que se arrastran escalando montañas, y hasta un jardín sin flores que ahora mismo me llama".

Yo hablaba y hablaba sin poder detenerme. Recordaba a las gentes de Auspasia, el lugar más ruidoso del mundo, allí donde se habla hasta cuando se duerme, y pensaba si acaso me había contagiado.

"Siete años llevo andando", le dije a un Shel que no conseguía ver desde el sofá, pero que suponía todavía en la cabaña. "Siete es el número sagrado. Fueron siete los días de la creación, la semana tiene siete días, siete son las fases de la luna, cada siete años hay un año sabático, y siete veces siete años es un jubileo. Son siete las edades del hombre, siete las divisiones de la oración, siete biblias, siete iglesias, siete gracias, siete pecados capitales, siete las virtudes, siete los dolores, y siete los gozos de la Virgen. Siete los preciosos objetos de Buda, siete los durmientes de Efeso, siete los mares. Jesús fue la generación setenta y siete después de Adán. Siete son los sentidos y siete los orificios de la cara. Cristo habló siete veces en la cruz, en la que estuvo siete horas y siete minutos. Siete fueron las veces que apareció después de muerto. Siete son los sellos del libro sagrado, siete fueron los ángeles que llevaron las siete plagas a Egipto. Las visiones de Daniel duraron setenta semanas y los viejos de Israel eran setenta. Hay también siete cielos, siete planetas, siete estrellas, siete sabios, siete campeones de la cristiandad, siete notas musicales, siete colores primarios, siete puntos cardinales, siete sacramentos de la iglesia Católica, y siete eran las maravillas del mundo. El séptimo hijo se considera bendito y sabio, y el séptimo hijo del séptimo hijo se cree que posee el poder de curar. Siete también suman los lados opuestos de los dados".

Hablé sin pausa sobre largas caminatas, describí pueblos que no sé si existen, medí con palabras desiertos y caminos congelados, hablé de la tibieza de los árboles que me mantuvo vivo poco antes de llegar a esa cabaña.

Ahora Shel estaba sentado en una silla desde donde podía ver mi rostro. Sonrió tranquilizador cuando me vio callar. Miró el fuego largo rato. Luego volvió a mirarme.

"Lo único que pasa es que estás lejos de tu árbol"

4

DORMÍ MUCHÍSIMO, mi bella adormilada, creo que fueron semanas. Nunca pude saber cuánto tiempo estuve en aquel sitio porque había empezado la época del año en que siempre es de noche. Si me asomaba a la ventana al mediodía podía ver las estrellas y la luna.

Shel se ausentaba a ratos y volvía con leña para nutrir el fuego. Me miraba reponerme y esperaba. Se alegraba cuando me encontraba haciendo cosas, cocinando, mirando los libros de su mesa, nombrando constelaciones a las dos de la tarde.

Una noche, después de comer un abundante desayuno, Shel estaba contento y me habló de su pasado. Recuerdo muy pocas cosas de todo lo que me dijo. Cada vez que intento rescatar esa conversación lo único que llega a mi memoria es la historia que su abuelo le contaba cuando era niño.

"Había una vez un árbol que amaba a un niño", la voz de Shel cambió cuando empezó esa historia. Me pregunté si él lo notaba, si era algo intencional o si era que su abuelo había regresado para contarla. "Todos los días el niño llegaba hasta el árbol y jugaba. Algunas veces le arrancaba hojas y se hacía una corona y jugaba a que era el rey de los árboles. El niño subía por el tronco del árbol y se balanceaba en sus ramas, comía sus manzanas y dormía a su sombra y sentía que el árbol era su mejor amigo. Tanto era el amor entre esos dos que un día el niño talló un corazón en el tronco y escribió dentro: 'El árbol y yo'.

"Pero el tiempo pasó y el árbol empezó a estar solo muy a menudo. Un día el niño caminaba cerca del árbol y el árbol se puso feliz de verlo y movió sus ramas y lo llamó a gritos. Le dijo: 'Ven, juega con mis ramas, súbete a mi tronco, come mis manzanas, hazte una corona'. Pero el niño dijo: 'No, ya estoy muy grande para eso. Ahora lo que quiero es mucho dinero para divertirme'. El árbol se puso a pensar y le dijo: 'No tengo dinero para darte, pero puedo regalarte manzanas para que las vendas'. Dicho esto, el árbol empezó a sacudirse y dejó caer tantas manzanas que el niño tuvo que hacer varios viajes en un camión para llevárselas.

"Pasó mucho tiempo antes de que el niño regresara. El árbol nuevamente volvió a sentirse solo y vivía del recuerdo de las felicidades del pasado. Hasta que un día volvió a ver a su amigo y se volvió a alegrar y volvió a mover sus ramas y lo volvió a invitar a que jugaran. Pero el niño tenía un gesto pensativo y le dijo que no, que esos juegos eran cosas de niños, que lo que necesitaba era una casa. El árbol le dijo que no tenía casas para darle, pero que podía darle sus ramas para construirla. El niño tomó todas las ramas del árbol y se fue a hacer su casa.

"Muchos años más tarde, el niño regresó donde el árbol y éste volvió a invitarlo a que jugaran. 'Ahora no tengo ramas', dijo el árbol. 'Pero todavía es posible que trates de escalarme'. 'Ahora estoy muy triste y muy viejo para eso', dijo el niño. 'Ahora sólo quiero estar lejos de todo, en el centro de un lago. Lo único que quiero es un bote que pueda conducirme al olvido'. 'No puedo darte un bote', dijo el árbol. 'Pero puedes cortar mi tronco y hacer el bote que necesitas'.

"El niño cortó el tronco, hizo el bote y se volvió a perder por varios años. Cuando al fin regresó, el árbol le dijo apesadumbrado: 'Lamento no tener ya nada para darte. Ya no tengo manzanas, ya no tengo mis ramas, ya no tengo ni un tronco, sólo soy una estaca'.

'No importa', dijo el niño. 'Ahora no tengo fuerzas para escalar tu tronco, ahora no podría balancearme entre tus ramas. Tampoco tengo dientes para comer manzanas. Tan sólo necesito un lugar para sentarme a descansar'. El árbol se alegró y respondió: 'Pues, si es eso lo que buscas, creo que puedo dártelo. Siéntate en lo que soy, una raíz sin árbol, una estaca que apenas se asoma entre la hierba. Ven acá, niño mío, ven siéntate y descansa'.

"Y el niño se sentó y el árbol fue feliz".

5

NO HAY NADA que temer, mi niña hermosa, descansa tú también. El crujido que escuchas es de la mecedora. Nada te va a pasar. Debajo de la cama sólo hay oscuridad, silencio y polvo. La brisa es lo que mueve las cortinas. Los árboles nos cuidan, están en las paredes, sostienen las ventanas, aseguran el techo. Nada puede pasar, sólo la muerte. Y hasta la misma muerte, cuando uno es tan feliz, parece justa.

6

DESPUÉS DE AQUELLA charla con Shel en la cabaña, tuve la sensación de que debía marcharme. Como no había más norte para seguir viajando, le pedí su consejo.

"Tal vez sea oportuno que te ocupes en algo, mientras tú mismo encuentras el rumbo de tus pasos".

Escribió un par de cartas, me dijo un par de nombres:

"Es cerca de New York. De allí te será fácil seguir hacia otros lados".

No te esfuerces, mi niña. Deja que el sueño gane. Ya sé que estás inquieta, que la curiosidad procura mantenerte muy despierta, pero hay que darle al cuerpo el olvido necesario, hay que aliviar la carga que lleva el pensamiento.

Si corremos con suerte, mañana habrá más vida, más besos, más caricias, más abrazos.

Duerme tranquila, amor. La historia que te cuento podemos continuarla en otro día.

7

AHORA QUE LO PIENSO, fui casi feliz en aquel tiempo. Yo acostumbraba pasear mi distraída humanidad por los paisajes improbables de Princeton, la mirada perdida entre piedras y árboles, los oídos robando pedazos de charlas, la mente soñando o recordando, apenas levemente aferrada al presente, sin énfasis, sin pasión y sin drama, lo suficiente apenas para poder recordar alguna vez que esos días eran ciertos y a lo mejor felices, el tiempo lo diría.

Me gustaba la oficina en el ático de East Pyne, porque era lo más parecido a una fortaleza, a una torre de marfil, a una celda monacal, a un sitio donde el mundo no podía perturbar y era posible darle riendas a la voracidad de conocer. Allí el mundo parecía no llegar, terminaba en Nassau Street o en la estación del tren, se plegaba sumiso frente a la imponencia del lugar, aceptaba que a esos templos no podía entrar y se dedicaba a esperar y a dormitar, triste e irresoluto, a quejarse entre sueños, como un perro entrado en años que ha empezado a olvidar la manera de ser perro.

Ya entonces empezaba a interesarme por los árboles. Casi todos los libros que buscaba en la biblioteca de Firestone tenían algo que ver con mi nueva pasión. Todavía no sabía qué era lo que buscaba. Todo parecía interesante. Cada dos o tres semanas iba a la biblioteca, prestaba ocho o diez libros y me los llevaba al ático de East Pyne hasta agotarlos.

Tomé muchos apuntes en aquel tiempo. Pensaba que algún día escribiría libros y sería una autoridad en materia de árboles. Algunas veces me concentraba en los aspectos botánicos. Me parecían interesantes, y dignos de divulgar, detalles tan curiosos como que las naranjas, los limones y los melones no son frutas, o que la piña es el vegetal más próximo a la cebolla en la familia de las plantas. Otras veces me interesaba en los estudios religiosos y dedicaba horas a leer sobre los árboles del paraíso. Me parecía que mi labor sería algún día recordarles a los hombres cosas como que la cruz de Cristo había sido hecha con madera del árbol del bien y del mal. También me parecía digno de mención que el más arborícola de todos los personajes de la biblia fue el rey Nabucodonosor, quien soñó con un árbol aterrador y construyó los jardines más hermosos de la tierra.

Llené docenas de cuadernos con apuntes. A veces ocupaba semanas enteras tratando de confirmar un dato, porque una sola fuente empezaba a parecerme insuficiente. Así pude saber que son muchos los pueblos de la tierra donde las mujeres cuelgan pañuelos rojos en los árboles que crecen junto a los manantiales, para pedir fecundidad. Fue difícil encontrar dos testimonios sobre el árbol que las mujeres iraníes se tatúan en el cuerpo, con las raíces en el sexo y las ramas en los pechos. Nunca pude comprobar si era verdad que los quimbayas llenaban los bosques con campanas de oro, y que la música que producía el viento al sacudir las ramas era la más hermosa que se ha escuchado nunca. Pero lo preocupante era que seguía sin saber por qué hacía lo que hacía.

Qué ciegos marchamos, mi niña. Qué montón de señales equívocas nos ofrecen los días. Qué insospechados sentidos le aguardan a nuestros actos al final de la vida.

8

CUANDO MURIÓ mi padre me sentí tan culpable y cansado como si yo mismo lo hubiera matado. Sé que morí ese día. Sé que ya agonizaba cuando tomé sus manos sin propósito y las obligué a darles una última caricia a mis mejillas.

Ya no era de este mundo cuando tú me buscaste. Me ofreciste el amor, vida mía, pero yo no lo quise. No podía aceptar eso tan bello y tan triste. No me sentía dispuesto a regalarle nuevos rostros al dolor. Sólo podía pensar en el silencio, la ausencia, la nada y el olvido.

"Quiero tener muchos hijos", me decías.

"Quiero la familia más feliz sobre la tierra". Pero yo estaba sordo a tus palabras, ciego a tu vientre hermoso deseando florecer, ciego a tus pechos llenos de ganas de nutrir; olvidado de todo, del día en que te vi, del tiempo en que el amor dolía tanto que creía morir, de la noche en que supe que no amaría a nadie como te amaba entonces y no pude besarte.

9

SU NOMBRE ERA Mia Swenson, supongo que venía de Noruega o de Suecia, de uno de esos parajes donde la gente se aburre sin remedio. Cuando dejaba mi encierro en el ático de East Pyne, cuando buscaba aire, solía encontrarla en el banco del parque, a la hora del almuerzo y, si no le decía algo, si no le dirigía la palabra, ella permanecía con el rostro hacia el suelo, sintiéndose invisible, temerosa de que un movimiento pudiera delatarla. Era una anciana pálida, muy larga y muy delgada.

Nuestra charla fue lenta y espaciada. Algunas veces cruzamos un par de frases. Otros días, sólo nos saludamos con movimientos de las manos. Muy pocas veces llegamos a tener algo que hubiéramos podido llamar conversación.

Tardamos en saber que yo estudiaba árboles y ella, viejas canciones.

Un día me habló de la inclinación de las uvas a la mentira. Creo que ése fue el día que más habló. Me dijo que cuando ella era frambuesa había formado parte de una ensalada de frutas y que entre sus compañeras de ensalada había una uva californiana que no paraba de hablar.

Todos en la ensalada terminaron escuchando las historias descabelladas que la uva contaba. Contó, por ejemplo, que una vez había ido a México a pasar sus vacaciones de primavera. Dijo que todo en ese país era muy bonito y que no se olvidaba nunca de ese viaje porque un día en Cuernavaca vio un milagro.

Primero vio a otra uva que lloraba y oraba en una iglesia, frente al altar principal. Nadie sabía lo que pasaba con esa uva, nadie sabía lo que pedía, hasta que dos monjes famosos por su piedad se hicieron amigos suyos.

La uva oró y lloró sin pausa durante tres meses seguidos, pero Dios parecía no escucharla. Después de tres meses, la uva empezó a declinar en su fervor y sólo iba a la iglesia los lunes por la mañana. Entonces, fray Crisóstomo y fray Clímaco entendieron su misión en el mundo y se acercaron a ella.

"Hemos notado, hermana uva, que practicas la oración".

La uva dejó de orar y llorar y miró con ojos redondos a fray Crisóstomo.

"Caramba, qué observadores".

"Notamos, también, que tus visitas a la casa de Dios empiezan a ser cada vez más espaciadas".

"Lo dicho", dijo la uva, y reanudó su llanto y sus plegarias.

"La oración es alma de nuestras obras", dijo fray Crisóstomo a fray Clímaco, cuidándose de que la uva lo escuchara, "muro de nuestra conciencia, cimiento del edificio espiritual, lastre del navío de la gracia, agua en que viven nuestras potencias —como peces en el estanque—, arma para pelear contra nuestros enemigos invisibles, leña con que se enciende el amor de Dios".

"No sólo es eso", replicó fray Clímaco. "Es unión del alma con Dios, guarda del mundo, perdón de los pecados, madre e hija de las lágrimas, puente para pasar las tentaciones, victoria de las batallas, obra de los ángeles, mantenimiento de los espíritus, gusto de la gloria advenidera, obra que no tiene fin, venero de virtudes, procuradora de las gracias, sustento del alma, lumbre del entendimiento, espejo de aprovechamiento, estribo de la esperanza, arma contra la tristeza, tesoro de los monjes, pronóstico de la clemencia divina, tribunal que previene y excusa del juicio advenidero".

La uva seguía llorando y orando, pero era evidente que la charla de los monjes la perturbaba. Para concentrarse arrugaba el ceño, pero como en las uvas todo es ceño, terminaba por parecer una pasa.

"¿Será mucho pedir que compartas con nosotros el motivo de tu oración?", fray Crisóstomo se había inclinado para hablarle con voz muy baja.

"...que estás en el cielo... Quiero unas piernas", dijo la uva. "Estoy cansada de rodar para ir de un lado a otro".

"Haces bien", dijo Crisóstomo. "Así como el cuerpo sin alma se corrompe, y la ciudad sin muros es saqueada, y el navío sin lastre finalmente se trastorna, y el cuerpo sin nervios no tiene vigor, y el soldado sin armas es vencido, y los peces fuera del agua luego mueren, y el fuego sin leña no se conserva; así también nuestra alma, batida con tanta artillería de tentaciones, oprimida de nuestras malas inclinaciones, y cercada de tantos vicios, si la oración le falta, muy a peligro está de perecer miserablemente".

Fray Clímaco apretó los labios y movió la cabeza afirmativamente. Fray Crisóstomo lo entendió como una señal para que siguiera hablando, quizá como un indicio de que estaban llevando a la victoria la tarea de mantener a la uva en oración.

"El alma que no se dedica al ejercicio de la oración viene a quedar muerta con pecados, fea con vicios, hedionda con malos ejemplos, y llena de remordimientos".

"La oración espanta las moscas inoportunas de los malos pensamientos", agregó fray Clímaco. "Es música para los ángeles, convite para los santos, socorro para los que oran, ungüento para los contritos, remedio para los penitentes, saeta contra los enemigos y escudo para los errados".

Los monjes callaron por un momento. La uva seguía en actitud de oración, pero parecía dormir. No se escuchaban ni su llanto ni sus rezos. Entonces una voz rompió el silencio.

"Silencio", dijo Dios y todos, hasta la uva, se estremecieron.

"La uva de mi ensalada dijo que no podía

creerle a sus ojos", me dijo Mia Swenson. "Dios le dio a la uva devota unas piernas larguísimas y hermosas. La voz de Dios era verdaderamente celestial. Los monjes no salían de su asombro y ella había sido testigo de un milagro que nunca iba a olvidar.

"La uva lloró y oró de nuevo, pero esta vez de felicidad. Salió a la calle corriendo y le dio gracias a Dios muchas veces.

"El cuento es muy interesante", concluyó Mia, "pero no es verosímil. No he visto una uva con piernas en mi vida. Probablemente la uva de mi ensalada ni siquiera fue a México. No me gusta escuchar sus cuentos porque son mentiras. Se necesita tener cuidado con las uvas. Es necesario que no olvides mi advertencia: las uvas mienten".

Ahora que lo pienso, niña mía, es posible que Mia Swenson me mintiera. Es posible que nunca haya estado en esa ensalada, que jamás haya existido la uva de su historia. He llegado a pensar que ni siquiera llegó a ser alguna vez una frambuesa.

RARAS VECES TENEMOS el curioso privilegio de saber que lo último que hacemos es lo último que hacemos. Es más común pensar que tenemos mucho tiempo, que las condiciones en que transcurre nuestra vida serán invariables, para luego descubrir que nos fuimos casi sin despedirnos, que aquello que pensábamos un elemento más de la secuencia en realidad ha sido su final.

La circunstancia más rotunda es cuando la muerte llega. Una persona se levanta temprano (casi siempre sin saber que será la última vez que se levanta), olvidada tal vez de los últimos sueños de la última noche (esos que siempre anuncian en forma misteriosa), y se dirige al baño y da a su cuerpo las últimas limpiezas y luego va pasando por entre gente y cosas, casi siempre ignorando que está diciendo adiós a cada paso.

También hay despedidas menos crueles, pero igual de inadvertidas. En Princeton, por ejemplo, mi última tarea fue una larga pesquisa sobre una de las siete maravillas de la humanidad. Yo no sabía que sería lo último. Cuando me aventuraba a imaginar un futuro, me veía siempre en aquel sitio, leyendo y tal vez escribiendo sobre árboles.

De los jardines colgantes de Babilonia ya se hablaba seiscientos años antes de Cristo. Las descripciones eran tan fastuosas que en muchas épocas se dudó de su existencia. Sólo en 1903, cuando excavaron sus ruinas, fue posible confirmar los detalles.

Estaban muy cerca del palacio, en el centro de Babilonia. A pesar de que las piedras son escasas en ese valle, o mejor justamente por eso, el rey ordenó que la estructura, de más de cien metros de alto y una milla cuadrada de área, fuera toda de piedra. Se extendía también bajo la tierra. Tenía enormes bodegas subterráneas, donde se mantenían refrigerados bienes perecederos, y salones muy frescos donde solían celebrarse placenteras reuniones.

Los jardines eran una serie enorme de galerías con arcos, terrazas y balcones de piedras talladas. Estaban repletos de flores perfumadas del oriente y de árboles frutales. Su suelo era una mezcla de arcilla humedecida con tierras muy propicias. Una bomba hidráulica y un complejo sistema de pozos elevaba agua hasta un tanque en la parte más alta, desde donde ésta fluía continuamente sobre las terrazas, manteniéndolas verdes, a pesar del aire seco y ardiente de Babilonia. Planchas de plomo impedían que la humedad alcanzara las recámaras subterráneas, donde la fragancia y la frescura del jardín producían alegrías delirantes en la gente de la corte.

Cuando supe que habían sido construidos para halagar a la reina Cyaxerxes, algo en mi corazón se lamentó de no tener a quien amar en esa forma. Me pregunté si algún día conocería a una mujer que me inspirara a dar los regalos más grandes, a construir pirámides o templos, jardines celestiales, a producir poemas que la inmortalizaran y obligaran al mundo a recordar su nombre.

En esas estaba, nutriendo un amor sin nombre propio, investigando la vida de esa reina, pensando que tal vez sus atributos también eran hallables en mi tiempo y mi mundo, cuando Mia me habló del país de los árboles locos.

No recuerdo muy bien cómo llegamos a ese tema. Ella me había hablado de los nenúfares de Monet y de las flores de papel de los japoneses. Yo traté de responderle con mi ya fatigosa erudición. Le hablé del bosque de piedra de Arizona, con sus árboles casi tan viejos como el mundo. Le hablé de la longevidad de las secuoyas, que ya estaban en pie y eran muy grandes cuando se construyeron las pirámides de Egipto. Le hablé de la veneración que los egipcios le tenían al sicamoro, de las propiedades que le atribuían para fortificar el cuerpo y nutrir el alma.

Ahora veo claro, pero entonces no pude comprender que mis palabras eran una doliente confesión que Mia Swenson comprendió de inmediato. Es increíble, amor, mi niña bella, todo lo que decimos, aun con las palabras menos premeditadas.

Mia alzó la mirada. Dejó la timidez, como quien se despoja de una máscara. Me miró fijamente y me dijo:

"Si quieres recordar lo que perdiste y ahora estás buscando sin sosiego, pidiendo tiempo y fuerzas para hacerlo, tendrás que viajar al país de los árboles locos".

11

AL PRINCIPIO NO QUISE prestarle atención al asunto. Tenía una mezcla extraña de sentimientos que quise silenciar con el estudio de los jardines colgantes. Pero siempre terminaban por volver. Se asomaban cuando mis ojos se cansaban de leer, cuando me levantaba para estirar las piernas, cuando miraba los índices de la biblioteca de Firestone, cuando volvía al parque para ver si encontraba a esa mujer a la que nunca más he vuelto a ver.

El estudio de los jardines empezó a desalentarme. Me daba tristeza pensar que ese regalo no había conseguido aliviar la nostalgia de Cyaxerxes. Alejada de la tierra de su infancia, se sentía en Babilonia como un árbol arrancado de raíz. La impotencia volvió loco a Nabucodonosor. Embriagado de cansancio, en las horas más altas de la noche, en los salones desiertos de la biblioteca, yo mismo me veía y me oía sugiriéndoles que fueran al país de los árboles locos.

A veces me decía que era imposible que existiera tal país. Cancelaba el asunto diciéndome que esa historia era tan falsa como la del milagro en Cuernavaca. Cuando volvía a dudar, me parecía un insulto a mi erudición que jamás hubiera encontrado una sola alusión en mis estudios.

Las últimas semanas que permanecí en Princeton las pasé sin dormir y casi sin comer. Me dediqué a mirar uno por uno todos los volúmenes de la biblioteca que tuvieran que ver de algún modo con árboles. Pero no encontré nada.

Hay cosas, vida mía, que no llegan jamás hasta los libros. Pero en aquel momento yo no quería admitirlo.

Cuando llegué a la conclusión de que no encontraría menciones directas del país de los árboles locos, me dediqué a explorar rarezas de los árboles y a decidir si era posible llamarlas locura. Tuve también que consultar decenas de manuales de psiquiatría, comprobar que hay montones de cosas distintas llamadas locura.

Como el encierro y lo infructuoso de la
búsqueda empezaban a agobiarme, como sentía
también que algunos músculos se estaban
atrofiando, decidí que debía agregarle a mi vida
una caminata cotidiana. Nunca iba muy lejos,
prefería hacer círculos en los alrededores de East
Pyne, tejer un ocho minucioso por arcos y
periferias, seguir siempre un derrotero conocido
para leer sin pausas mientras caminaba.

Pero un día en que estaba leyendo un tratado
en latín me ocurrió algo extraño. Había sido escrito
en un momento impreciso entre los siglos III y IX
por un monje rumano, llamado Teranius. Su
trabajo era, en cierta forma, lo que yo había
pensado que un día escribiría: un largo catálogo en
el que cada historia parecía tener la consistencia de
un poema.

Con asombro creciente, leí la historia del árbol
que estrangulaba a otros árboles hasta matarlos,
leí sobre la mujer obligada a casarse con un árbol
de mango y sobre el miedo que los malos espíritus
les tienen a los árboles frutales. Leí sobre los
árboles que copulan, sobre los árboles silbantes de
Sudán y sobre los árboles australianos que
fecundan a las mujeres por el ombligo. Supe de un
árbol que da leche y de otro que da camisas.
Encontré direcciones exactas para llegar al bosque

de los árboles genealógicos y un recuento exhaustivo de tiempos y lugares en los que ha germinado el árbol de la muerte, aquel con cuyas hojas cubrieron sus vergüenzas Adán y su mujer.

Estaba absorto en la lectura de ese libro cuando tropecé con alguien. Fue un golpe seco y fuerte que me arrojó aturdido contra el suelo. La sangre me cegaba cuando levanté los ojos, pero igual me disculpé.

Pedí perdón, dije que lo sentía, que todo era y había sido culpa mía. De veras me sentía avergonzado. El bochorno podía más que el dolor y la alarma de la sangre. Cuando logré por fin aliviarme los ojos, descubrí al frente mío el tronco impasible de un arce.

PARTIR ES MORIR, han dicho los antiguos, niña mía. Cuando choqué contra el árbol, supe que debía marcharme, que debía abandonar la paz de los libros y regresar al mundo. Sólo lleve conmigo el tratado de Teranius. Salí hasta Nassau street, desperté con golpecitos de zapato al perro de la vida y empecé a alejarme. Supe que terminaba un tiempo que, si no fue feliz, al menos fue tranquilo. Había un poco de dolor, pero también de alegría, en saber que moría el hombre que había sido.

A veces me pregunto cómo será la muerte. En aquella condena a tantear como ciego tenía un miedo inmenso de morir. Me aterraba la idea de acabar sin saber lo que buscaba. Entonces no podía comprender que lo sabía desde hacía mucho tiempo, que el único problema era haberlo olvidado.

Pero ahora es distinto. Puedo morir ya mismo, en este mismo instante, y muero agradecido. A veces me imagino que ya no es este tiempo, sino un tiempo remoto. Nos imagino muertos pero aún abrazados. Nos veo endurecidos y arrullándonos. Contándonos historias, consolándonos.

Cuando imagino un tiempo en que el tiempo no importa ignoro quién ha muerto pero los dos morimos.

BUSCANDO LA LOCURA de los árboles visité muchos países y comprobé que no hay criatura más extraña en este mundo que los seres humanos. Otra noche, mi ángel, te hablaré de los humanos.

Te contaré la historia del sabio monje chino que viajó catorce años para buscar un libro. Te hablaré de la reina que estuvo cautiva en la isla de los monos. Te diré las leyendas del diente más venerado que existe sobre la tierra. Te contaré la historia del intrépido hombre que consiguió robarlo, pero lo perdió luego. Te hablaré de la pestaña que destruyó un imperio. Te contaré la historia descabellada y triste del científico loco Cornelio van Kerrinken. Te hablaré de la bruja más bruja que ha existido y del ogro más malo.

Esta noche es de árboles, mi jardín perfumado.

14

EN CALCUTA vi un hombre que hizo germinar plantas dentro de su nariz. Un día —nadie sabe la razón de sus actos— ese hombre tan bizarro se tendió boca arriba. Al parecer se ignora quiénes lo secundaron. Pero alguien puso tierra en sus fosas nasales y, en medio de la tierra, semillas de mostaza.

Cuatro días más tarde, las plantas germinaron. Siete meses después, el cuerpo de ese hombre casi ni se veía por entre las raíces.

Allí empecé a pensar que quizá somos plantas. Tal vez soy sólo un árbol que te ofrece sus ramas para que te recuestes, mi retoño adorado.

15

EN BOMBAY CONOCÍ al hombre girasol, un monstruo ciego y flaco de piernas atrofiadas. Buscando claridad, una cierta mañana, ese hombre silencioso alzó la vista al sol. Al principio lloraba. Sus ojos le dolían. Algunos aseguran que era posible oír como se achicharraban. Pero el hombre girasol no se rindió. Mantuvo la tenacidad de su mirada puesta en el astro rey. Siguió su ascenso hasta la cúpula del mediodía. Lo vio disminuirse hasta la noche con un gesto ardoroso y triunfal. Muchos pensaron que ahí acababa todo. Pero al día siguiente apareció de nuevo, se sentó en el mismo sitio y esperó la salida del sol.

Al final de ese día estaba ciego. Los curiosos lo vieron moverse titubeante como un pollo recién salido del cascarón. Supieron que tendrían que ayudarlo a levantarse, que tendrían que cargarlo hasta su casa.

"Mañana, temprano", gritó el hombre cuando todos se alejaban.

Cuando lo conocí, llevaba quince años cumpliendo su cita cotidiana. Sus vecinos se turnaban para traerlo y llevarlo. Ya no había altanería en sus gestos. Ya ni siquiera hablaba. Sólo cumplía con gozo contenido la tarea de seguir la tibieza con el rostro.

EN PARÍS VIVÍ un tiempo perdido y olvidado. Durante unas semanas fui a la universidad, estuve en edificios deprimentes, leí libros e inscripciones de piedra, pero pronto me di cuenta que empezaba a repetir viejas conductas que no conducían a nada.

Mi lugar predilecto era el *Jardin des Plantes*. Pasé días enteros allí. Llegue también a dormir en recovecos ajenos a turistas y vigilantes. A veces me bastaba robarles pedazos de pan a las palomas para seguir viviendo y no tener que regresar a esa ciudad tan convencida de que los actos humanos importan de verdad.

Cuando los primeros ancianos empezaban a llegar, yo salía de mi escondite y continuaba la minuciosa visita donde la había interrumpido. Vi mariposas de colores impensables, flores carnívoras y hambrientas que empleados del lugar alimentaban con moscas para edificación de los visitantes, vi un camaleón mirándose a los ojos.

Cuando lo recorrí todo, comprendí que tendría que salir, volver a la ciudad, que la excusa para no seguir buscando empezaba a agotarse. Tuve que inventarme otras tareas pero siempre volví. Mientras estuve en París, volví con frecuencia a lugares del jardín que empezaban a ser muy entrañables para mí.

17

FUE EN EL *Jardin des plantes* donde terminé de convencerme de que todos somos plantas. Cuando me pregunté por qué había tantos animales allí, cuando me convencí de que flores y crustáceos participan de una común rareza, llegué a la conclusión de que todos somos árboles, que sólo es diferente la forma de las raíces.

Era feliz recorriendo las salas de paleontología. Observando osamentas inmensas como árboles de invierno. Mirando la esplendorosa persistencia de los moluscos y tratando de meter en mi cabeza millones de años, sintiendo por instantes el calor de un sol muchisísimo más joven. Siempre terminaba la visita frente al estegosaurio de hierro a la entrada del edificio. No sabría decir por qué, pero el estegosaurio me fascinaba de manera especial. Había un banco de piedra frente a él y uno podía sentarse por horas a mirarlo sin que nadie sintiera que pasaba algo extraño. Trataba de imaginar lo que habría sido ser estegosaurio, las cosas que pasarían por los dos cerebros, lo que sería tener un lomo como ése y no poder torcer el cuello para verlo.

Terminé por aceptar la presencia del estegosaurio como uno acepta con fe que tiene una nariz. Con el tiempo no lo veía, pero necesitaba sentarme frente a él, apoyar en él los ojos, para darle rienda suelta a mis nuevos pensamientos. Tampoco entonces pensaba que estaba a punto de marcharme. Sólo me preocupaba encontrarle respuesta a una pregunta que había empezado a mortificarme. Por aquel tiempo pensaba y repetía en voz baja:

"Dios mío, si existes, dame una señal de tu existencia".

18

AQUí ESTOY", dijo Magali.

Su voz me sobresaltó. No supe en que momento había ocupado el espacio libre en el banco de piedra.

"Qué bicho más raro".

"Es un estegosaurio", le dije.

Tenía en el regazo una bolsa marrón de papel y extrajo un sánduche envuelto en plástico.

"No me refiero a ése".

El color de sus ojos no era como el de nadie. Al mirarlos de cerca sentí frío, terror, desolación.

Me preguntó si creía en las casualidades y le dije que no.

"Qué casualidad", dijo ella. "Tampoco yo".

Volvió a meter el sánduche en la bolsa, se puso de pie y desapareció.

19

EN COLOMBIA vi un árbol cuyos frutos son ostras. Es el único árbol que prospera en el mar.

Su fruto es codiciado porque, según algunos, aquellos que lo comen no se cansan de amar. Es un árbol que nunca es posible hallar solo. Su nombre es colectivo. Se le llama manglar.

El manglar es un árbol que a la vez es un bosque que a la vez es refugio para los enamorados.

Recuerdo que hubo un tiempo en que navegaba solo en medio de un manglar. Miraba las iguanas, su soberbia antiquísima. Apreciaba con sigilo el sosiego de las garzas. Remaba apresurado cuando encontraba amantes entregados a amar, pero a veces mis ojos se robaban caricias o pedazos de besos, para emplearlos luego, a la hora del sueño.

En esa penumbra salitrosa bajaba las defensas y pensaba que el amor sí existía, que no era un simple invento contra la soledad, que era algo más profundo y misterioso que un pacto entre dos seres dispuestos a alabarse mutuamente.

Pensaba incluso que en un lugar preciso de la tierra existía y me estaba esperando mi amor. Llegué a escribirle cartas en las que dejaba en blanco el sitio para el nombre. Le decía, por ejemplo: "Es difícil, incierto y largo el camino hacia ti. Y sin embargo el precio tiene que ser justo".

A veces me dormía y soñaba con besos que lo inundaban todo, como suele ocurrir cuando besar es todo. Luego me despertaba, trataba de traer desde los sueños el rostro de mi amada, pero al final me daba por vencido. Pensaba y me decía: "El día que la veas, sabrás que la encontraste".

Lo que no conseguía saber en aquel tiempo, lo que no fue posible entender hasta llegar al país de los árboles locos, fue que ya te había visto, que ya había sabido que tú eras, y que a pesar de verte y de saberlo te había perdido.

Pero la verde ternura del manglar me arrullaba. Allí mi lastimosa soledad no se sentía tan lastimada. El crujido del agua con los remos era consolador y promisorio, el canto de los pájaros, los ruidos de animales sigilosos, los frutos nacarados de los árboles.

El marinero desdentado me dijo que también era posible encontrar muchos manglares en las antillas. Me explicó que en inglés se le llama 'el arbusto que es hombre', tal vez porque amar, a pesar de la sal de los días, es aquello que nos vuelve más humanos.

20

EN BIRMANIA ENCONTRÉ a un hombre en cuyas manos hacían nidos los pájaros. Un jueves de noviembre, este hombre caminaba muy cerca de su casa cuando sintió deseos de rascarse la axila.

Quizá exageró un poco y elevó todo el brazo, quizá encontró placer en rascarse y rascarse; lo cierto es que mantuvo su mano muy en alto el tiempo suficiente para que un arrendajo pensara que esa mano era el lugar preciso para armar una casa.

El pájaro probó la consistencia de esa rama, notó que vibraba pero parecía firme y salió apresurado a buscar un hierbajo. El hombre no recuerda por qué mantuvo el brazo en alto. A veces piensa que no había terminado de rascarse, que rascarse era cada vez más delicioso y que ni siquiera notó las primeras visitas del arrendajo. Cuando quiere dar fe a esta versión de los hechos, concluye que al terminar de rascarse notó que el nido ya estaba avanzado y sintió que su deber era seguir así hasta que los críos nacieran y volaran.

Cuando está de otro ánimo, cuando quiere otorgarle a su vida otro sentido, el hombre recuerda haber notado la presencia del arrendajo desde la primera vez. Ya ni siquiera tenía ganas de rascarse, pero mantuvo el brazo en alto porque supo, súbitamente, como si un relámpago lo hubiera iluminado, que su papel sobre la tierra consistía en acoger en sus manos los nidos de los pájaros.

Cuando los nuevos pajaritos volaron y volaron, el hombre decidió que era hora de bajar el brazo. Pero no pudo hacerlo. Todas sus coyunturas, desde el hombro hasta las falanges, parecían soldadas. Quizá hubiera podido restituirle el movimiento a su extremidad, si antes no hubiera llegado un sinsonte que encontró en su mano alzada las propiedades ideales, y hasta la materia prima, para construir su nido.

El hombre también tiene dos recuerdos sobre la forma como su otro brazo terminó acogiendo nidos. En su primer recuerdo, la indignación lo llevó a su condición actual. Cuando el sinsonte empezó a recomponer el nido del arrendajo, el hombre alzó el otro brazo al cielo en señal de protesta, o al menos de pregunta, con tan mala suerte que en ese momento pasó un azulejo y decidió que esa mano levantada era apropiada para construir un nido.

Según su otro recuerdo, cuando vio lo que hacía el sinsonte, el hombre volvió a tener una revelación sobre su tarea y alzó el brazo libre hacia el cielo en espera de otro pájaro.

Ahora este hombre nunca baja los brazos. Cuando lo visité me pidió que lo rascara un poco en la axila derecha. Cosa que hice lo mejor que pude.

Al final de nuestro encuentro, me sonrió y alzó sus cejas muy tupidas en señal de despedida.

21

CUANDO YA ME DABA por vencido, cuando empezaba a creer con firmeza que Mia Swenson había mentido o delirado, que no había tal país de tales árboles, cuando ya empezaba a ir y venir de un lado a otro de la tierra –como antes fui entre libros–, alimentando mi curiosidad sobre los árboles, pensando que volvía a mi vieja obsesión sin saber la razón de la misma, llegó a mi rescate el marinero desdentado.

Puede resultar irónico que hable de rescate, si digo que cuando conocí a mi salvador él estaba perdido en una borrachera descomunal, al fondo de un bar de mala muerte en la Isla de los Pepinos. Yo había ido hasta allí para ver los árboles que se acuestan para dormir, pero el encuentro con ese hombre cambió mis intenciones y mi vida. Esta historia no sería esta historia si yo no hubiera entrado a ese lugar, si no hubiera fijado mi atención en las sonoras carcajadas, en la paradoja de su dentadura blanquísima y perfecta.

Al principio mi interés radicaba en esos dientes que exhibía con estruendo y orgullo. Me resultaba extraño que todos en aquel sitio lo conocieran como el marinero desdentado. Yo lo miraba desde la barra, presidiendo su mesa, dueño absoluto de todas las historias. A veces la embriaguez lo vencía y pegaba la frente a la mesa y roncaba, pero volvía a la carga y yo esperaba a que dejara salir sus risotadas para ver si faltaba al menos una de las treinta y dos piezas. Pero no faltaba nada.

En ese asombro estaba cuando lo vi poner su pierna de palo sobre la mesa y decir orgulloso:

"Está hecha con madera del país de los árboles locos, un sitio del que sólo regresan unos pocos".

Siento que pasó una eternidad antes de que yo pudiera ser consciente de lo que había escuchado. Entendí que era la confirmación que buscaba desde que me fui de Princeton. Dos personas hablando de lo mismo lo hacían real. Era real entonces el sitio de la tierra donde mi vida entera tendría claridad.

Busqué la manera de integrarme a la charla, esperé a que el marinero desdentado volviera a despertar, aproveché su sueño para mirar de reojo la extraña turbiedad de la madera de su pierna. Supe que por más que lo intentara, jamás conseguiría imaginar la manera como ese lugar me daría respuestas.

El marinero desdentado alzó la cara, pero se veía tan borracho que parecía difícil que siguiera hablando. Algunos se levantaron y se fueron en busca de otras diversiones. Ocupé una butaca a su lado y le dije:

"Disculpe, señor. Quiero saber un poco más del país que ha mencionado".

"¿País?", dijo él. "¿De qué país hablas? Deliras, muchacho".

"Hablo del país de los árboles locos".

"¿De qué?", dijo el marinero desdentado con los ojos perdidos, alzando las cejas, tratando con ese movimiento de tener el rostro en alto.

"Del país de los árboles locos", insistí, paciente, convencido de que no sería fácil, pero también de que no había otra alternativa que esperarlo, procurar que saliera de su bruma de licor.

El marinero dejó caer la frente sobre la mesa y

empezó a roncar. Me sentí desconsolado. El mundo me pareció un lugar exageradamente grande, mi soledad exageradamente triste y la vida, una cosa demasiado absurda para poder justificarla.

Ahora sólo estábamos los dos en esa mesa. Decidí que lo sacaría de ese lugar y que procuraría devolverle la sobriedad. Cuando logré pasar un brazo suyo por mi espalda y levantarlo, el dueño del local vino a cobrarme todo lo que se había consumido en esa mesa desde hacía tres semanas. Y tuve que pagarle.

22

OYE EL TIEMPO, mi niña, escucha su zumbido infatigable. Oye el crujir de todo lo que existe y no temas por nada. Es como si cayéramos. No temas, corazón, aquí estaré contigo, te llevaré en mis brazos.

Tiempo fue, justamente, el precio que pagué. Me costó media vida el error de no oírte y después olvidarte.

Cuando logré por fin que el marinero desdentado volviera a la sobriedad. Cuando logré plantearle mi pregunta, decidió divertirse conmigo.

"Está bien", me dijo sin dejar de exhibir su dentadura apabullante. "Si logras adivinar por qué la gente me llama como me llama".

Pero es tarde, mi cielo, tal vez sea mejor que te duermas. Esta historia podemos continuarla en otro día.

Mañana es tu cumpleaños. Qué manera de cumplir años, mi niña. Si sigues de ese modo, un día tendrás ochenta, un día será sólo un instante el tiempo que perdimos tratando de volver a reunirnos.

23

SI INSISTES, seré breve. Tengo algunas tareas después de que te duermas. Quiero que mañana sea uno de los días más bellos de la tierra.

El marinero desdentado no paró de reír durante esa semana en que recorrí en vano la Isla de los Pepinos, tratando de encontrar una persona que supiera el secreto de su nombre. Sólo un anciano ciego y casi sordo, que arreglaba zapatos en el puerto, me pudo decir algo. Según él, todos los que conocieron el secreto habían muerto hacía mucho, por culpa de una extraña maldición.

Cuando llegó el momento de marcharse de la

isla, el marinero desdentado me preguntó si me daba por vencido. No pude decirle que sí, el país de los árboles locos era mi única esperanza y estaba dispuesto a seguir dando la batalla.

Le pedí que me permitiera unirme a la tripulación de su bergantín-goleta y aceptó con una de sus predecibles carcajadas.

Ya entonces había pensado en golpear su dentadura y, tal vez, dejarlo desdentado de verdad. Pero temía que las consecuencias fueran atroces para mi vida. Es humillante cuando debemos soportar a una persona que no para de reírse de nosotros.

La primera estación de nuestro viaje sería un pequeño poblado de Poldivia, llamado Cstwrtskst. El marinero desdentado llevaba útiles escolares para la famosa Escuela de Almas Buenas, fundada por Marichelle Borboïe, quien ganó su entrada al cielo, mucho antes de morirse, cuando se hizo la amante del ejército local. El viaje hasta Cstwrtskst duraba cinco semanas y aquel tiempo lo ocupé en escuchar las historias de la tripulación sobre la escuela y en tratar de saber si alguno de ellos conocía el secreto del marinero desdentado. Ninguno tenía ni la más remota idea sobre el origen de ese nombre. Pero en cambio eran muchos los que sabían que el lema de la Escuela estaba resumido en las dos palabras talladas en el arco de piedra de la entrada: "Dad placer". El cocinero del barco, que había pasado un tiempo allí, contó que una de las disciplinas que se estudiaban era la Evasión de impuestos, para evitar que el estado se volviera muy rico y se corrompiera. Otra, cuyas clases estaban casi siempre abarrotadas, era la de robar joyas de las coronas de Europa, para distribuirlas luego entre estudiantes bohemios y necesitados.

Los tres días que permanecimos en Cstwrtskst los invertí en la biblioteca, tratando de leer todo lo que encontrara sobre dientes. Pero nada parecía acercarme a la solución del enigma.

Volví a entender que son muchas las cosas de este mundo que no llegan a los libros.

Poco antes de partir, el marinero desdentado volvió a preguntarme si tenía la respuesta. Cuando le dije que no, volvió a preguntarme si me daba por vencido. Insistí en responderle que no.

24

TRES AÑOS y medio mundo más tarde seguíamos en las mismas: yo sin encontrar la respuesta, pero también sin darme por vencido.

Pero un día llegamos a una isla del Pacífico que aparece en pocos mapas. Después de desembarcar, el marinero desdentado me invitó a seguirlo hasta la cima de una colina. No podía apartar la mirada de su pierna de palo, yendo y viniendo a la altura de mis ojos. Pensaba en la esperanza fatigada con la que me aferraba a ese pedazo de madera.

Pero al llegar a la cima ocurrió algo extraordinario. Ante mis ojos se desplegaba el paisaje más hermoso de la tierra. La memoria no me ayuda a traer los detalles de esa visión. Aun estando allí no podía evitar la sensación de que soñaba, de que toda esa hermosura desaparecería después de un parpadeo. Recuerdo, sí, el brillo tornasolado entre las plantas, el aroma indescriptible de ese aire. Todo en ese sitio era tan bello que empezamos a llorar.

Conmovido por la intensidad de la visión, logrando apenas controlar las sacudidas de mi llanto, entendí que un paisaje como ése resultaba suficiente para demostrar que existe Dios.

"Me rindo", le dije al marinero desdentado. Pensaba que, incapaz de llegar al final de mi búsqueda, ese paisaje inefable justificaba haber vivido.

Vi que entre sus lágrimas y mocos se asomaba su impecable dentadura.

"Debiste hacerlo desde hace mucho tiempo".

Cuando regresaba al barco, reía a carcajadas y gritaba:

"Sabía que el campo de cebollas vencería la soberbia. Lo sabía".

25

LARGO HA SIDO este viaje, vida mía. Pero ya nada importa. No importa cuántos días nos regale la vida, nunca será suficiente, siempre será demasiado. Un solo beso, amor, vale la pena. Esta otra noche juntos en el cuarto, vale toda la espera.

Antes de conducirme al país de los árboles locos, el marinero desdentado insistió en que visitáramos Japón.

Jamás olvidaré la impresión que me produjo el monte Fujiyama. Me costaba darle crédito a la historia de que el monte no existía hasta una noche del año 285 antes de Cristo y al día siguiente ahí estaba. Cuando uno llega en barco le parece que flota en el mar. Los japoneses piensan que hay que escalar su cima una vez en la vida. El ascenso es penoso. Se dice que hay dos clases de necios en el mundo, los que nunca han subido y los que vuelven a subir. Su cima es un cono perfecto y su nieve es tan menuda y uniforme que parece porcelana. Si hay montes en el cielo, deben ser parecidos al monte Fujiyama.

Al descender de la cima, el marinero desdentado me condujo hasta una casa muy cerca de la playa. Saludó a los presentes, recorrió los pasillos y llegó a un bosquecillo bonsai.

Esperó a que el estupor se atenuara en mi rostro, señaló hacia un ciruelo ondulado de un metro de alto y me dijo:

"Tiene quinientos años".

Cuando el monte Fujiyama se perdía en la distancia, me palmeó en la espalda y dijo con un suspiro:

"Ya que vas a ese sitio, es bueno que recuerdes que existe la pureza y también la dignidad"

26

DOS SEMANAS más tarde llegamos a Tarsis Orientalis. Al pie de sus murallas enmohecidas, el marinero desdentado me confesó que jamás había pisado el país de los árboles locos. El trozo de madera que ahora era su pierna se lo había comprado a unos contrabandistas. Lo único que sabía era que en algún lugar de aquella isla, la honorable y antigua isla Palesimunda, allí donde estuvo el paraíso terrenal, era posible hallar el bosque más siniestro de la tierra.

Cuando ya se marchaba, asomado a la borda, gritó que también en esa isla encontraría la respuesta al enigma de su nombre.

27

TODAVÍA TARDARÍA algunos meses en llegar. Fascinado por la exhuberancia de la isla, me olvidé muchas veces de mi principal propósito.

Nunca vi un lugar de la tierra donde los árboles fueran tan importantes. Cada vez que surgía un problema, un deseo o una necesidad, la gente encontraba respuesta en los árboles.

Amor, ropa, techo, zapatos, alegría y hasta tranquilidad, podían obtenerse alargando una mano hacia el reino vegetal.

Nunca tomé tanto té, como en aquellos meses.

Ingerí la corteza del árbol de canela, en panes y dulces, en bebidas y arroces.

Conocí los condimentos más estremecedores del planeta y mastiqué tantas veces las hojas de betel que mi boca adquirió un verde brillante que aún no se le borra.

Llegué a dudar que en un lugar donde los árboles eran tan generosos, pudiera haber también árboles demenciales.

28

CUANDO LLEGUÉ a Sigiriya pensaba muy poco en el país que buscaba.

Algún día, mi niña, te hablaré de Sigiriya, un palacio tallado en una sola piedra con forma de león. Te hablaré de sus jardines y salones, de sus pinturas sensuales, de la terraza altísima donde Kasyapa el soberano se entregaba a los placeres a la luz de las estrellas.

Sigiriya parece el lugar más lejano de la tierra. Se levanta solitario en medio de una selva que se extiende en todas las direcciones y llega hasta el horizonte. Allí Kasyapa debió sentirse a salvo de su conciencia, debió creer que nunca lo encontraría el recuerdo de los ojos de su padre en el momento en que lo estaba asesinando.

Una noche fui invitado a una velada en la terraza del palacio en la roca. Al llegar a la cima, perdido el aliento después de remontar tantos peldaños, un grupo de sirvientes esperaba con bebidas y pequeños bocadillos. La fiesta era ofrecida por Da Silva, un comerciante de quina que quería despedirse. Había decidido que se iría de la isla y que jamás volvería. Era una fiesta extraña. El aire de la terraza estaba aromatizado con candelabros de haxiz. Los invitados se hundían en prolongados silencios, para mirar las estrellas y la luna, para sentir el viento acariciándoles el rostro, para sentir el tiempo y el olvido devorando sus vidas.

"Extrañaré el mar de árboles", suspiró Da Silva señalando al horizonte. "Lamentaré no haber tenido el valor de llegar a sus aguas más profundas, a ese país siniestro del que regresan pocos".

Miré el mar de hojas verdes, su oleaje brillante a la luz de la luna y entendí que mi viaje había terminado.

29

NUNCA VI TANTO silencio.

Después de abandonar aquella fiesta cuando casi amanecía, después de hundirme en forestas donde el sol no llega nunca, después de cruzarme con hombres tan primitivos que parecían no resignarse a dejar de ser simios, después de dejar atrás serpientes y pájaros, llegué a un paraje donde parecía no haber nada.

Si miraba hacia arriba, sólo había una negrura insoportable, un abismo que al mirarlo parecía succionarme. La gama de colores oscilaba entre el negro y el gris más oscuro. Cuando mis ojos se resignaron a la ausencia de luz, pude ver los troncos lisos y alejados, como un montón de postes telegráficos. Había una distancia uniforme entre un tronco y otro, la distancia precisa para que no se tocarán ni aun si se derrumbaban. Aquello parecía los restos de un incendio. Pero el lugar era frío y metálico.

Supe que estaban locos esos árboles porque nunca habían dado nada, porque desconocían la caricia del viento, porque los pájaros nunca llegaron a sus ramas, porque nadie había preparado infusiones con sus hojas, porque nadie había dibujado corazones en sus tallos.

El sitio era tan lúgubre que mis piernas se doblaron.

Sólo entonces noté que el suelo estaba hecho de cadáveres, que había un riachuelo apestoso de aguas estancadas.

Creí oír que el corazón me preguntaba si estaba interesado en que siguiera palpitando.

"¿Seguimos?", preguntaron los pulmones. "O mejor terminamos esta vaina".

"Como quieran", les dije. "Me da igual. Es lo mismo. Yo soy sólo dolor".

Decidí recostarme a morir.

YA TE HE HABLADO, mi vida, del sueño que tuve.

Tal vez no fuera un sueño, tal vez fueran recuerdos perdidos en mis células. Lo cierto es que viví, en un presente intenso, la mañana de junio en que te conocí. Volví a sentir que nunca vería tanta belleza como la de tu rostro. Volví a enfermar deseando la dulzura de tus labios. Volví a vivir la noche en que no te besé y recordé la promesa de morir abrazados.

Ya duérmete mi niña. La espera terminó.

Mañana es tu cumpleaños y eso hay que celebrarlo. El día que naciste ha sido el mejor día de mi vida.

Cuando estés más dormida, te llevaré volando hasta la cama, como si fuera el viento, y no yo, quien te llevara.

Mis manos te darán tranquilidad, te irán acariciando a través de la noche, jamás te dejarán.

Descansa criaturita, Dios sabe lo que hace.

Después de que te duermas, voy a buscar papeles y cintas de colores.

Me queda poco tiempo para hacer lo que quiero.

Te voy a dar el mundo de regalo.

Estos son
algunos de los textos,
autores y personas consultados,
parafraseados, trascritos o aludidos en
El país de los árboles locos:

Believe it or Not, de Robert R. Ripley,
New York: Garden City, 1946.
Minute Wonders of the World, de Skrenda y
Juergens, NY: Grosset and Dunlap, 1933.
Dictionary of Imaginary Places, de Alberto Mangel. San
Diego: Harcourt, 2000.
Prsma Myortvovo Chelovyeka, de Konstantin
Lopuchansky, Vyacheslav Rybakov y
Boris Strugatsky. URSS, 1986.
The Golden Bough, de Sir James Frazer.
The Giving Tree, de Shel Silverstein.
Mia Swenson, Fa Hsien, Fray Crisostomo, Fray Clímaco,
Plinio el Viejo, Solimán, Ibn Battuta, Jacques Maritain,
José Asunción Silva, R. Chauvelot, Umberco Eco,
Herman Melville, Jules Leclerq, Jules Verne, George
Duhamel, Luciano de Samosata, Gustavo Colorado,
Juan Carlos Pérez y Gilbert K. Chesterton.

Son muchísimos más,
pero en los casos mencionados, la consulta,
el parafraseo, la transcripción o la alusión se
realizaron de manera consciente y voluntaria.
A su favor, el autor puede decir que gran
parte del libro se origina en esa nada inmensa
que abriga en su interior y que no hay que fatigar
a las palabras si ya alguien ha logrado
expresar algo de manera magistral.

Otras obras del autor:

Un tal Cortázar (periodismo, 1987, 2012)

Bajas pasiones (cuentos, 1990)

Su última palabra fue silencio (cuentos, 1993)

Un ramo de nomeolvides: García Márquez en *El Universal* (periodismo, 1995)

Retratos (Periodismo, 1996).

Criatura perdida (novela, 2000)

La voz de las manos: crónicas sobre escritores latinoamericanos (2001)

La risa del muerto (novela, 2003, 2012)

Vida y opiniones de Wenceslao Triana (notas de prensa, 2006)

Las profundas cavernas del sentido: Nuevas opiniones de Wenceslao Triana (notas de prensa, 2008)

Unos cuantos tigres azules (cuentos, 2009)

Regreso al centro (notas de prensa, 2009)

Impromptus en la isla (novela, 2010)

El más absurdo de todos los personajes; Escritores y creación escrita en la narrativa hispanoamericana (Estudios literarios, 2010)

El origen del mundo (novela, 2010, 2011)

Ediciones *El pozo*
Noviembre de 2012

www.ingramcontent.com/pod-product-compliance
Lightning Source LLC
Chambersburg PA
CBHW031855170626
46807CB00004B/1739